無무 爲위 能능 力력

無무 爲위 能능 力력

초판 1쇄 발행 2016년 6월 15일

지은이 김종목
펴낸이 강수걸
편집장 권경옥
편집 윤은미 문호영 정선재
디자인 권문경 구혜림
펴낸곳 산지니
등록 2005년 2월 7일 제14-49호
주소 부산광역시 연제구 법원남로15번길 26 위너스빌딩 203호
전화 051-504-7070 | 팩스 051-507-7543
홈페이지 www.sanzinibook.com
전자우편 sanzini@sanzinibook.com
블로그 http://sanzinibook.tistory.com

ISBN 978-89-6545-358-1 03810

* 책값은 뒤표지에 있습니다.
* 이 도서의 국립중앙도서관 출판예정도서목록(CIP)은 서지정보유통지원시스템 홈페이지(http://seoji.nl.go.kr)와 국가자료공동목록시스템(http://www.nl.go.kr/kolisnet)에서 이용하실 수 있습니다. (CIP 제어번호: 2016012498)
* 본 도서는 2016년 한국문화예술위원회, 부산광역시, 부산문화재단 지역문화예술특성화지원사업으로 지원을 받았습니다.

2016년도 부산문화재단 〈올해의 문학〉 선정 작품집

無무 爲위 能능 力력

김종목金鍾 시조집

산지니

책머리에

무위능력(無爲能力)

1972년 〈중앙일보〉 신춘문예에 시조 『가을에』가 당선된 이후 반세기에 가깝도록 겨우 시조집 두 권을 내었다면 부끄러울 정도로 과작이라 하겠다.

1975년에 『고이 살다가』를 내고 1990년에 시와 시조를 반반 섞은 『모닥불』이라는 작품집을 낸 후, 이번에 내는 이 『무위능력』이 세 번째 시조집이라 할 수 있겠다.

요즘은 등단만 하면 곧바로 시조집을 쏟아내기 바쁜데 근 반세기만에 세 번째 시조집을 내니, 내가 생각해도 시조에 너무 등한했던 것 같다.

그러나 출간만 하지 않았을 뿐이지 시조를 쓰지 않은 것은 아니다. 지금까지 7,800여 편에 64권(각 90편)의 미발간 시조집이 있으니까 말이다.

비록 발표에는 신경 쓰지 않았지만 계속 써온 것은 사실이다.

겉보기에는 시조와 연을 끊은 것처럼 보였을지도 모르지만 사실은 그렇지 않다. 조금 외도를 했지만 시든 동시든 뿌리는 같은 거라 생각한다. 형식이 어떻든 간에 한 편의 작품에서 잔잔한 감동을 느낀다면 그게 좋은 시가 아니겠는가.

열심히 써 왔지만 아직도 가슴이 빈 것 같아 허전하다.

해는 서산에 걸렸는데 갈 길은 멀다.

2016년 4월 24일

김종목(金鍾)

차례

제 2부 눈 내리는 밤

제 3부 그립다는 말

제 4부 춘정(春情)

제 5부 눈 오는 산사에서

제 1부

빗방울 하나

봄밤

목련꽃 피자마자
봄비 고이 듣는 소리

어두운 창가에서 누군가가 울먹이듯

꽃 지는
소리 따라서 내 귀도
고이 진다.

변신(變身)

세상의 귀퉁이로
천천히 스며든다
내 몸이 어둠으로 슬쩍 희석되는 순간
누군가
내 어깨를 툭 친다
확 풍기는 생 비린내.

아, 이런!
끝까지 나여야 하는 나
무엇이 되고 싶은 서슬 푸른 내 의도에
누가 또
독 오른 망치로
꽝꽝 못을 박는다.

목련 12

그리워한 것들이 가지마다 매달리어

깨끗한 내 마음이 하얗게 끓는다

이렇게 그리워만 하다 또 헛되이 가는 봄.

어느 새 뚝뚝 지는 그리움의 파편이어

가슴에 아픔으로 또 깊이 박히는데

아, 그대 못 오는 마음 그렁그렁 눈물이다.

무위능력(無爲能力)

오늘도 하루 종일
아무것도 하지 않았다
창문을 열어 놓고 흐르는 구름이나
날으는 새들을 보며
어정어정 보냈다.

아무것도 안 하는 것
이것도 어려운 일
남이 보면 빌어먹을 짓인지는 모르지만
나에겐 도 닦는 일과 진배없는 일이다.

아무것도 안 하는 걸
하고 있는 즐거움을
알아 줄 사람이 전무하다 할지라도
나만의 무위능력에는
이상 없는 것이다.

낮잠

잠꼬대를 하다가
깜짝깜짝 놀란다
잠이 몸에 맞지 않아 헐렁한 헌옷 같다
담요를 한 장 끌어 덮자
겨우 잠이 갈앉는다.

인생살이 울퉁불퉁
자갈밭길 같은데
피로에 지친 몸을 잠시 뉘어보지만
그 잠도 몸에 낯설어
이내 놀라 깨고 만다.

잊히지 않는 사람

세월이 흘렀어도
잊히지 않는 사람
무슨 열병처럼 문득문득 생각나는
가슴에
깊이 박힌 상처는
치유될 길 없어라.

잊었다고 말해도
잊힌 것은 아니다
꽃이 피고 질 때나 둥근달이 떠오를 때
눈시울
붉어지는 사람을
어찌 잊었다 하겠느냐.

죽도록 사랑하다
헤어져 버렸지만
그 아픔 그 사랑은 화약을 품은 듯이
내 가슴
한 번씩 터져
산산조각 나게 한다.

동백꽃 8

침묵도 오래 되면 빛이 되고 말(言)이 되나
이제 막 벌어지는 동백꽃 봉오리가
빛 하나 뽑아내느라
피범벅이 되었다.

핏빛 꽃을 피우고는 묵언으로 하는 말을

살그머니 뽑아내어 눈으로 읽어보면

한 편의 연서(戀書)를 보듯 가슴이 두근두근.

눈바람 속에서도 뜨거운 사랑만은
여미고 다독여도 그냥 터져버리고 말아
강렬한 너의 고백인 양
내 얼굴은 불덩이다.

민들레 꽃씨

민들레
꽃씨가
초침을
보고 있다

딸깍
초침 떨어지자
와— 하고
비상하는

저 폭발
묵언의 진동에
하늘 한쪽
기운다.

대면(對面) 2

십여 년을 바깥출입 하지 않고 살다가
작심하고 나갔다가 아는 이를 만났더니
손잡고 죽은 줄 알았다며
껄껄 파안대소한다.

하긴 살았어도
죽은 듯이 살았으니
그리 생각하는 것도 무리는 아니리라
재미도 없는 삶이라는 것
내가 몇 번이나 죽었을까.

보이지 않으면 죽은 거나 마찬가지
자주 얼굴 맞대야만 살아 있는 축에 들고
얼굴이 보이지 않으면
산 자도 죽고 만다.

완행인데도 급행이다

하루해가 그렇게도 짧기만 하더니
이제는 느릿느릿
뒷짐 지고 지나간다
똑같은 하루인데도
나이 드니 느림보다.

그런데도 한 해 두 핸 급행으로 지나간다
가속으로 달려가는
이 느낌은 무엇인지
하루는 완행인데도
한 해 두 핸 급행이다.

빗방울 하나

나뭇잎에 빗방울이 툭하고 떨어진다

개구리가 깜짝 놀라 풀쩍 뛰어오르고

잠자던 개가 벌떡 일어나 귀를 바짝 세운다.

고요한 밤에는 비 한 방울만 떨어져도

순도 높은 어둠에 살짝 금이 가고

귀들이 스프링처럼 톡톡 튀어 오른다.

너의 사진

너의 사진 한 장을 컴퓨터에 올려놓고
틈만 나면 불러내어 하염없이 바라본다
세월이 아무리 흘러도 앳된 너의 고운 모습.

어느새 내 머리엔 백발이 성성하고
눈물겨운 세월은 팽이처럼 흘렀어도
아직도 너는 꽃으로 방그레 웃고 있다.

헤어져 내 마음에 화인(火印)처럼 찍힌 얼굴
아팠던 사랑도 곱게 절이 삭아
이제는 그리움으로만 울컥울컥 도진다.

빈집 10

빈집을 그냥 두면
이내 폐허가 되고 만다

말소리와 온기(溫氣)에서 생기가 도는 건데

인적이 딱 끊기고 나니
순식간에 폐허다.

문짝이 떨어지고 거미줄이 늘어지고
한쪽 지붕 내려앉아 잡초들만 무성한데
가끔씩 날아드는 새들도 기웃대다 가버린다.

분명 이 집에도
말소리가 들리고

때로는 폭죽같이 터졌을 웃음소리

장독간 붉은 맨드라미만
크렁크렁 울먹인다.

묵매(墨梅)

그녀의 손끝에서 묵매가 피어난다

하얀 화선지에 물처럼 스몄다가

고요히 피어오르면서 숨 멎듯 맺히는 향.

파르르 떨리면서 유려한 선을 따라
번지는 사랑도 향기처럼 고아한데
깊숙이 잠든 나비 한 마리
꿈을 접고 날을 듯.

빙그레 웃는 웃음 묵매 속에 그윽하다

사르르 번지는 고요한 보조개에

나른한 봄 햇살 가득 눈부시게 흐른다.

산사(山寺) 일박 1

산사에 들자마자 함박눈이 내린다
길은 끊어지고 하룻밤을 묵는데
지고 온 번뇌가 번져
사방이 먹빛이다.

방문 열고 눈 위에 마음을 세워 두고
창호지에 배어드는 눈 소리에 귀 기울인다
언제쯤 맑아지려나 삼경도 깊었는데.

새벽녘에 살풋 졸다 이내 또 깨어보니
머리맡에 한결 맑은 솔잎 다(茶) 끓는 소리
노스님 건네는 찻잔이
향기로운 법열이다.

산 도화를 보면서

추억의 강물이
조용히 흘러간다
첫사랑의 수줍은
그대 발그레한 귀밑볼이
눈시울
축축이 적시는
그리움이 될 줄이야.

멍하니 환(幻)을 보듯 넋을 잃고 바라본다
세월은 가고 오고 이렇게 또 만나는데
그대는 지금 어디에서 무얼 하고 있는지.

그리움도 그렁그렁
눈물로 얼룩지고
차마 못다 피운
아픔을 주체 못해
이제야
상처인 듯 피는
그대 마음인 듯도 싶다.

부러운 눈물

관에 누운 아우는
아무런 말이 없다
너무나 고요하여 귀조차 멍멍해진
한 자가 천만 길이 되는
이 참담한 순간에.

불러도 대답 없는 그곳이 어디인지
입 꽉 다물고 모든 연을 끊어 놓고
저리도 무아지경으로
깊이 잠이 들었다.

나 또한 언젠가는
가야 할 길이기에
목 놓아 울 수도 없는 아픔을 억누르며
왜 이리 부러운 눈물이
흐르는지 모르겠다.

수평선

하늘이 슬그머니 바다를 껴안더라

바다도 못 이긴 척 으서지게 안기더라

아닌 척
하고 있는 저 사랑

천년만년 가겠네.

고요한 밤 4

고요가 반짝이는
백지 같은 달빛 한 장

산사의 순도 높은 적막에 못 이기어

가느단
풀벌레소리로
금을 긋고 지나간다.

소리와 대칭으로
고요는 더욱 깊어

마음은 천리만리 서역으로 날아가고

두 눈만
사리로 남아
밤새도록 반짝인다.

산가일기 2

1

하루 종일 입 다물고 밭을 일구었다
돌멩이 골라내고 풀을 뽑고 이랑을 타고
그 위에 상추씨를 심고 흙을 덮고 물을 주었다.

2

짧은 해가 기울고 달빛이 창에 내린다
달빛도 나도 말이 없어도 서로가 그윽하다
가끔씩 바람 소리만 문풍지를 스칠 뿐.

3

등불을 밝히고 '부생육기(浮生六記)'*를 읽는다
뜬구름 같은 사랑을 잠시 생각하다
책 덮고 산 우는 소리에 길게 귀를 기울인다.

4

불을 끄고 누우면 바람도 따라 눕고
멀리서 개 짖는 소리 아련히 들리는데
어느새 몸이 둥둥 떠 꿈나라로 흘러간다.

---

* 浮生六記-淸나라 沈復의 슬프고도 아름다운 自敍傳

제 2부

눈 내리는 밤

들꽃 6

아무도 보지 않는
외진 곳에서도

저 혼자 수류탄을 가슴에 품었다가

팍! 하고
터뜨리는 꽃

눈길 확 끄는 꽃.

활시위 힘껏 당겨

일평생을 걸어 놓고
겨냥한 타깃처럼

활시위 힘껏 당겨 네 심장을 겨눴지만

끝끝내
쏘지 못하고
내 가슴만 쏘았다.

깊어진 상처는
세월도 소용없고

오로지 네 생각에 만신창이가 되었어도

다시 또
당겨보는 손
겨냥한 채 울먹인다.

도화(桃花) 1

흰색도 아니고
분홍색도 아니고
그 중간쯤 가다가 멈춰버린 흔적같이
말로는 표현할 수 없는
가다 멈춘 색깔이다.

한 걸음 물러서면 흰색이 될 것이고
한 걸음만 더 나가면 분홍색이 될 것인데
묘하게 멈춰 선 색깔로
마음 사로잡는다.

도화도 이쪽저쪽
갈라서기 난감하여
중간쯤 머물면서 애간장을 태우는지
빙그레 미소 짓는 눈시울이
사르르 젖어 있다.

늙은 개

오랫동안 쇠줄에 개를 묶어두었다가
불쌍하여 목에서 줄을 풀어주었지만
자유가 되었는데도 개는 그냥 엎드렸다.

때가 지난 지금에 와
무슨 짓이냐는 듯
펄펄 힘 있을 때 풀어주지 않고 있다
기력이 쇠잔해진 지금
약 올리는 거냐는 듯.

너부죽이 엎드린 채 좋아하지도 않는다
기껏 풀어준 내가 도리어 맥이 풀려
쇠줄로 다시 목을 묶어도 개의치도 않는다.

산가(山家)에서 1
-개구리 소리

참으로 오랜만에
날아온 엽서(葉書) 같은

마당으로 뛰어든 청개구리 한 마리

마음 속 고요를 열고
첨벙 운(韻)을 던지네.

들어도 또 들어도
늘 그리운 파문으로

뼛속까지 저려오는 일획의 전언(傳言)처럼

무심의 이마를 치는
저 서늘한 여름 무늬.

첫정

논두렁에 앉았다가 보라색 꽃을 본다

키도 작고 꽃도 작은 이름 모를 꽃이지만

볼수록 눈이 서늘해지는 예쁜 힘이 들어 있다.

티 하나 보이지 않는 깨끗한 눈빛으로

나를 쳐다보는 그렁한 표정 뒤에

사무친 한 여인의 얼굴이 아슴히 떠오른다.

돌아서다 다시 보는 첫정이란 그런 것인가

잊은 듯 살아오다 어느 날 문득 그리워지는

가슴속 곱게 물들어가는 설움 같은 꽃이어.

상가(喪家) 풍경

백수(白壽)에 돌아가신 할머니 집 마당에는

줄장미가 화사하게 곱게도 피었더라

슬픔도 어느새 꽃 속에 묻혀 아름답게 보이더라.

문상객도 호상(好喪)이라 슬픈 표정 하나 없고

술상 받고 화투 치고 잔칫집과 같더라

새도록 불 환히 밝히고 가끔 웃음도 터지더라.

이웃고 꽃가마 타고 할머니가 떠나신다

입으로는 아이고아이고 슬픈 곡(哭)이 나오는데

표정은 줄장미처럼 환하게 피었더라.

'첫'이란 접두사

첫이란 말보다 더 설레는 말은 없다

첫 만남 첫 키스 첫 사랑 첫 경험

첫이란 접두사만큼 감동적인 말은 없다.

첫 편지도 그렇고 첫 여행도 그렇다
가슴에 화인(火印)처럼 선명하게 찍히어
세월이 아무리 흘러도 별이 되어 반짝인다.

인생을 살아오며 첫이란 말이 없었다면

얼마나 무미(無味)하고 건조했을 것인가

설레는 첫이 있었기에 아름답게 살았다.

인생이란 책

소설책을 읽다가는 지루하면 던져두고
마음이 내키면 또 펼쳐 읽는다
보아도 혹은 아니 보아도 그만인 게 책이다.

그러나 인생은 아무리 지루해도
중도에서 결코 그만둘 수 없는 것
끝까지 읽어내야만 하는 장편소설 같은 것.

아무런 말도 없고 눈 따갑고 속 아려도
주어진 임무처럼 완전 독파하고서야
비로소 덮을 수 있는 것이 인생이란 책이다.

어미 소

어미 소가 송아지의
등짝을 핥아준다
핥고 또 핥고
혓바닥이 다 닳도록
말없이 핥아주는 것이
어미의 사랑이다.

굵다란 눈을 봐라 얼마나 순수한가
어미나 송아지나 한결같은 표정으로
한 번도 싫은 내색 않는
저 무구함을 보아라.

해라 마라 하는 말은
한 마디도 하지 않고
송아지가 하는 대로
가만히 지켜보는
깊고도 그윽한 사랑이
도에 이른 듯도 싶다.

짝사랑 9

아무나 할 수 있는
쉬운 것이 아니다

가슴이 수백 번 터졌다 짓물렀다

한평생
끙끙 앓게 되는
천적 같은 것이다.

어머니 12

어머니를 평생토록
부르면서 살았다면
그대는 세상에서 가장 행복한 사람이다
어머니 그 따뜻한 말을
반도 못 부른 사람도 있다.

부르고 싶은데 어머니가 안 계시니
목에 걸린 그 말이 가시처럼 박히어서
부르면 금방 아픔이 되는 한 맺힌 사람도 있다.

어두운 벽을 보고
안타깝게 불러보고
달과 별을 보고도 어머니라 불러보는
가슴이 까맣게 타서
재가 된 사람도 있다.

담쟁이

담쟁이가 살금살금 벽을 타고 오른다
보면 멈추고 안 보면 올라가는
저 속도
멎은 듯한데도
쑥쑥 잘도 올라간다.

숨바꼭질 하듯이 보면 가만 서 있다

제아무리 밝은 눈도 잡아챌 수가 없는

정지한 저 속도의 기술을 적발할 수가 없다.

누적된 과업을 두 눈으로 보지만
현장 검증에는 언제나 실패하는
담쟁이
그 질긴 고집
시퍼렇게 화가 났다.

악기(樂器)

그녀의 몸은 하나의 악기였다

손가락 하나에도 바이올린의 맑은 소리

머릿결 바람에 날리듯
무한량 날리었다.

입술이 닿으면 전율하듯 떨리는

비탈리의 샤콘느*가 쓸쓸하게 날리면서

하늘도 팽팽하게 부풀어서
악보들로 가득했지.

오로지 생음으로 다가오는 그대는

메마른 내 가슴에 오선을 그으면서

하나의 악기가 되게 했다
끝없이 공명하는.

* 비탈리의 샤콘느는 이 세상에서 가장 슬픈 곡으로 알려져 있다.

대춘(待春) 2

1
눈 내린 아침인데 봄날처럼 따뜻하다
창호 문 열어 놓고 매화 가지를 바라보니

물방울 맺혀 떨어진 그곳
가려운 듯 붉어 있다.

2
이제 얼마 안 있어 들이닥칠 봄의 물결
제일 먼저 매화가 받아 넘길 것이다

발갛게 향이 떨리기 전
입춘첩을 붙인다.

3
따끈한 녹차를 한 잔 가득 기울이며
귀 하나 매화 가지에 고이 묶어 둔다

이윽고 톡톡톡 터지는 소리
봄이 환히 열린다.

소화가 안 된 슬픔

오래 산 건 아닌데 오래도록 산 것 같은

착각에 빠지는 길고 긴 겨울밤에

왜 자꾸 눈물이 나는지 그 까닭을 모르겠다.

헛짚은 세월에 이가 몇 개 빠졌는지

흉물스런 내 몰골을 여태 끌고 오기까지

제대로 소화가 안 된 슬픔이 돌처럼 꽉 씹힌다.

놀라워라 죽지 않고 여태 살아 있다는 것

눈치코치 보면서 더 몇 년을 버틸는지

꽃들은 또 눈물을 펴내며 손짓하듯 질 것이다.

사자(獅子)

우리에 갇혀 있는 사자를 바라본다
야성을 빼앗기고 너부죽이 엎드린 채
지그시 졸고 있는 모습이
박제된 듯 쓸쓸하다.

들소 떼도 물어뜯고 코끼리도 쓰러뜨린
사나움은 간 곳 없고 비 맞은 듯 조용하고
포효(咆哮)도 없는 갈기가 우거져 더 슬프다.

가끔씩 눈을 뜨고 물끄러미 바라볼 뿐
세상만사 귀찮은 듯 이내 눈을 내리감고
처연히 엎드린 모습
도를 깨친 은자(隱者) 같다.

봄소식

1
깊은 잠에 빠졌다가 설핏 눈을 떴습니다

창호지에 으늘으늘 매화향이 배었는지

가늘게 봄비소리까지 환하게 젖습니다.

2
먹을 갈아 화답하듯 정성들여 난을 치면

봄물 오른 바깥과 마음이 서로 닿아

가벼운 붓놀림에도 향이 곱게 번집니다.

3
한 폭 난 속으로 미소 가만 흐르고

그리운 이 눈빛하며 연분홍 미소까지

가느단 실핏줄이 되어 내 마음을 적십니다.

홍매 3

가느다란 가지 위로 눈바람 차가운데

파르르 떠는 모습 가슴 한쪽이 아리다

일 년을 참고 견딘 산고(産苦)로 핏덩이가 되는 순간.

이제 막 터지는 생명의 불꽃이여

생살 타는 냄새로 산천이 몽롱한데

펼쳐 든 하늘 한 자락 후끈 달아오른다.

눈 내리는 밤

주막에 등 밝히고 막걸리를 마시는 밤
눈은 풀풀 날리고 갈 길은 막혔는데
한 사흘 뜨뜻한 구들장 지고 실컷 취해보고 싶다.

뜨내기 소리꾼이 장구 치며 흥 돋군다
다 늙은 주모(酒母)와 마주앉아 시름 풀 때
눈발에 섞이는 사람 하나가 그리워서 눈물 나네.

인간사(人間事)에 고립되어 떠돈 지도 사십여 년
잊혀진 그녀도 숱한 눈발 맞았으리
애틋한 추억이 확확 술기처럼 도지는데.

아 정말 보고 싶다 기약 없는 세월 속에
간절함도 술잔 위로 뭉클뭉클 뜨거워져
오늘 밤 또 뜬눈으로 몇만 리를 헤매리.

제 3부

그립다는 말

단풍잎 열쇠

시집 속에
발그레한
단풍잎 한 장으로

그대 마음
한쪽을
살짝
꽂아 놓았구나

내 마음
잠긴 그리움이
찰깍하고
열린다.

야묘(夜猫)

1
어둠 속에 어둠이 똘똘 뭉쳐 있다

장독대 밑 몰래 숨은 정적의 빛나는 눈

순식간 용수철처럼
섬뜩하게 튀는 살의(殺意).

2
찍-하는 비명도 금세 끝나고 마는

저 황홀한 식욕이 어둠을 찢어 놓고

흔적도 없이 사라지는
서늘한 달빛 한 줌.

후회 15

네가 떠난 후에 비로소 너를 본다

너를 보고 너를 만나 네 사랑을 읽는다

눈에서 멀어지고 나니 더 환하게 보인다.

가까이선 몰랐는데 멀어지니 알겠다

사랑이 무엇인지 그리움이 무엇인지

눈 뜨고 못 본 것들이 뒤늦게야 보인다.

아파트 1

산을 밀어버리고
아파트를 세운다
무자비한 폭음이 신록을 밀어내고
건물을 꺾꽂이하듯
푹푹 꽂아 놓았다.

꽂으면 그대로 죽지 않고 살아나는
무서운 생명력과 번식력이 있어서
그 속에 얼굴을 내밀고 날아 나오는 사람들.

별들 대신 등불이
현란하게 켜지고
풀벌레 소리 대신 티브이소리가 들리는
산 하나 삼킨 아파트가
괴물처럼 보인다.

다시 찾은 파계사

반세기가 지나서 파계사에 들렀다
절집 아래로 흐르는 냇물소린
예대로 흐르는데도
왜 낯설어 보일까.

가슴 깊이 묻어둔
뜨거웠던 사랑도
흐르는 세월 속에 쓸쓸하게 묻히고
아쉽고 그리운 정만
동백으로 터진다.

지금은 어디에서 무얼 하고 사는지
지은 죄 많은 놈이 부질없이 서러워져
여관집 앞에 멈추어 서서
눈시울을 붉힌다.

홍매 13

저 꽃 봐라 활활 타는
저 발정을 좀 봐라

면벽하고 앉은 스님 온몸이 근질근질

좌선(坐禪)을 확 풀어버리고
뛰쳐나갈 듯도 하다.

유혹이 눈앞에서 사정없이 다가와도
눈 감고 불경만을 꽉 잡고 앉았는데
마음에 와 안기는 봄기운만은
차마 내치지 못한다.

반쯤 허물어진
마음문은 이미 열려

들고 나는 유혹에 슬그머니 나가버린

십 년을 닦은 불심도
발그레 물이 든다.

가을 수심(愁心) 4

가을에는 달빛도 수심으로 내린다

달도 울어 얼굴이 퉁퉁 부은 이런 밤엔

뜰아래 풀벌레소리
날(刃) 세워 반짝인다.

못다 운 내 울음을 네가 대신 울어주는

슬픔의 보시를 솔깃하게 다 듣지만

뒹구는 이 가을밤이
무진 길고 아프다.

그리움 16

꽃잎들이 남강으로 떨어져 흐릅니다

당신이 떠난 뒤에 한 발 늦게 당도한

어설픈 내 그리움이 미워져서 웁니다.

유골처럼 뿌려진 무심한 강물 위로
아픈 세월들이 날카로운 날을 세워
가슴을 그으며 스친 자국이
온통 핏빛입니다.

해는 지고 별들이 머리 위로 뿌려지고

그리움 한 토막을 지우지도 못한 지금

마음은 촛불처럼 타서 하얀 재가 됩니다.

개구리

개구리가 잠자리를 순식간에 낚아채어
눈알을 부리부리
꿀꺽 삼켜버린다
엄청난 사건과 속도에 어안이 벙벙하다.

개구리는 뭘 봐 하고
나를 빤히 쳐다본다
하긴 너는 배고프면 한 마리씩 먹지만
우리는 먹고 쌓고 처재고
너를 볼 면목 없다.

불룩불룩 쳐다보다 물속으로 사라진다
더 보다간 물들라
슬쩍 피한 것만 같아
내 마음 천리만리로 도망치고 싶었다.

바다의 반짝임

해질 무렵 바다의 반짝임을 보아라
자잘한 파도가 빚어 올린 빛 알갱이
그 어떤 언어로도 표현할 수 없는
환상적인 정경이다.

바라보고 있으면
저절로 눈물 나고

생의 애환들이 끝도 없이 명멸하는

바다의 손짓 같은 반짝임에
눈을 뗄 수가 없다.

누군가의 따뜻한 속삭임과도 같은
비밀스런 저 눈빛을 무연히 바라보며
눈시울 붉어지도록
소리 없이 울먹인다.

낙엽 10

낙엽 한 잎 속에 가을이 첩첩이다
추락하는 무게를 고스란히 담고 있어
가벼운 낙엽도 천근만근
무거울 때가 있다.

삶이 고달프고
세월이 괴로울 땐

바람도 아프고 하늘도 무거워져

나뭇잎 한 잎 떨어져도
관절이 저려온다.

온갖 애환들이 낙엽 위에 새겨져서
가을을 더더욱 쓸쓸하게 만들고
조용히 살려는 의지마저
무정하게 꺾는다.

이제는 내 눈빛도

이제는 내 눈빛도 초록이 되었을 거라

한평생 산속에서 짐승처럼 살았으니

초록물 뚝뚝 뜯는다 해도
과언은 아닌 거라.

아침에 일어나 맑은 공기 마시고
옹달샘물 떠 마시고 약초로 배 불리고
밤에는 달빛 곱게 덮고 잤으니
그럴 만도 한 거라.

비가 오면 비를 맞고 눈이 오면 눈을 맞고

마음 다 비워내고 짐승들과 어울리어

청정한 마음으로 살아왔으니
그럴 수밖에 없는 거라.

초능력

귀로 보고 눈으로 듣는 스님이 있다기에
깊은 산사로 찾아들긴 하였지만
스님들 모두가 한결같이
귀와 눈이 없었다.

들어도 듣지 않고 보아도 보지 않는
예사로운 속세의 귀와 눈이 아니었다
마음의 귀와 눈으로 보고 듣는 것이었다.

도에 이르면 마음으로 다 통하는지
귀로 보고 눈으로 듣는 그 경지를 넘어서서
저절로 무장무애하게
보고 듣는 것이었다.

폐품을 줍는 그대

버려진 빈 병이나
폐휴지를 모아서

겨우 밥 한 그릇
앞에 놓고 앉은 그대

숟가락 그 움직이는 속도에
저절로 땀이 난다.

푹푹 떠 넘기는 하얀 밥이 꿀꺽꿀꺽
살기보다 먹기 위해 안간힘을 쓰는 그대
다 비운 그릇 하나에 아픔은 고봉이다.

가방 끈이 너무 짧아
노동판을 전전하다

낙상(落傷)해 다친 후론
오라는 데도 없고

절면서 폐품을 줍는 그대
안쓰러워 눈물 난다.

그립다는 말

그리운 사람은 만날 수 없는 사람이다

만날 수가 있다면 그리움이 아니다

애타게 보고 싶어도 볼 수 없는 사람이다.

첩첩 산이 가려 행방도 모르거나

어쩌면 이 세상에 존재하지 않는 사람

막막한 그러한 사람이 그리움의 대상이다.

죽도록 보고 싶어도 만나볼 수 없는 사람

가슴에 맺혀서 병이 된 그런 사람

그립다 그립다는 말은 피가 배는 말이다.

달 10

달이 너무 높은 데서 뛰어내려서인지

마당에 떨어져
산산이 깨어졌다

시리게 반짝이는 저 날(刃)에
발이라도 베이겠다.

당신과 나의 거리 2

당신과 나 사이의 거리는 얼만가요

지극히 가깝고도 멀어 뵈는 사람이어

아무리 재어보아도
그 거리를 모르겠네.

해가 갈수록 차츰차츰 멀어지는

이 간격 손 뻗으면 닿을 듯도 하건만

끝끝내 닿을 수 없어
소스라치게 놀라네.

모든 것이 그립다

세월이 흘러가면 모든 것이 그립다
베어진 감나무나 사라진 고양이와
은은한 풀벌레소리나 멀리 떠난 사람들이.

분홍치마 곱게 입은 발그레한 그 소녀도
달빛만 환해도 가슴 두근거리면서
멍하니 밤하늘 쳐다보며 눈시울을 붉히겠지.

그 집 앞을 지나던 게 엊그제만 같은데
벌써 반세기도 더 흘러 버렸으니
짓궂은 세월이라는 것이 다 쓸어가 버렸다.

그래도 가슴에 남아 있는 그리움은
무정한 세월도 앗아가지 못하고
그대로 수묵화처럼 아름답게 피어 있다.

낙수 2

눈감고 누웠으니
귀가 자꾸 간지럽다
봄이 오는지
눈도 자꾸 감기는데
똑
똑
똑
추녀의 고드름이
녹아 떨어지는 소리.

그 모진 겨울도
이제 물러가나 보다
맺혔던 마음도
따스한 정에 녹아
저리도 애간장 태우듯
방울
방울
떨어진다.

여인숙에서

해변 어느 여인숙에서 하룻밤을 묵는다
비린내가 철썩이는 허름한 방 안에서
객수를 달래며 누워 눈을 지그시 감는다.

누군가가 이 방에서 뜨거운 몸 불사르며
첫사랑을 나누었을 아 그런 환영(幻影)들이
얼룩진 벽지에 투영되어 파도처럼 일렁인다.

혹은 또 애틋한 가슴들을 안고 와서
마지막 밤을 보낸 아픔도 있었으리
못다 한 청춘을 흐느끼며 뜬눈으로 지새우던.

한숨과 눈물로 뒤척이다 떠나버린
세월을 스쳐 간 수많은 얼굴들이
희미한 백열전구 속으로 명멸하듯 부서진다.

제 4부

춘정(春情)

바람실꾸리

바람이 몰래
실꾸리를
감나 보다

살그머니
당겼다가
또 살그머니
놓았다가

종일을
감고 풀어도
엉키는
법이 없다.

빚

꽃 피는 봄날에 아버지는 돌아가셨다

꽃값 치고는 너무나도 비싼 것 같고

이 세상 살다가 죽는 것도
빚 갚는 일이 되었다.

시름시름 앓는 것도 빚 독촉 때문이다

고생고생 하는 것도 빚이 무겁기 때문이다

끝내는 죽음으로 갚고 가는 빚
빈손의 적막이여.

세 치 혀 2

세 치 혀로 온갖 말을 내뱉어 더럽혔다

이런 더러운 입에
키스해주는 여자라면

그대는
죽을 때까지
꽉 잡고 놓지 마라.

천국

봄이면 산천이 울긋불긋 꽃이 핀다

매화 산수유 개나리와 벚꽃들이

다투어 화사하게 피는 천국이 펼쳐진다.

그렇다 천국이 이 세상인 것이다

죽어 어디 가서 이런 세상을 만나랴

온갖 꽃 눈부시게 피는 이 땅이 천국이다.

장애물경주

장애물을 뛰어넘는
선수들을 보다가

문득 그대 생각하며 눈시울을 적십니다

그리움
그 장애물을 뛰어넘어
평생 달려왔습니다.

이직은 안 끝난
장애물 경주에서

자꾸만 발이 걸려 넘어지곤 하지만

그래도
다시 일어나
힘껏 뛰고 있습니다.

고요한 밤에는

고요한 밤에는 귀가 크고 넓어진다

예비된 암향(暗香)이나 별빛이 지는 소리

아직도
닿지 않는 미음(微音)까지
미리 다 듣는 귀.

고요가 깊어지면 소리의 뿌리에서

사르르 움직이려는 가느다란 의도(意圖)까지

귓속에
물처럼 스며들어
환하게 다 들린다.

겨울밤 3

애비 생일이라고
딸아이가 내려왔다
방 안이 서늘하여 보일러를 틀었는데
아내가 나도 모르게
스위치를 꺼버린다.

딸아이가 추울까 봐 다시 스위치를 올리면
아내는 또 몰래 스위치를 내린다
아들딸 손주들이 오면 늘 이런 식이다.

몇 푼을 아끼려는
그 마음 왜 모를까
알기에 켜고 꺼도 빙그레 웃으면서
모른 척 하고 넘어간다
겨울밤이 훈훈하다.

동백꽃 4

편지를 쓰려면
저쯤은 되어야지

그냥 손끝으로 끄적이는 것이 아니라

온몸을 쥐어짠 핏물로
퍼붓듯 쓰는 연서(戀書).

뜨거움이 묻어 있는
저 상형문자는

까막눈도 다 읽는 수천 통의 혈서다

단 한 번 슬쩍 보아도
눈에 화악 불이 붙는.

그녀의 창

그녀의 창에는 늘 커튼이 처져 있다

투명한 분홍색의 고요가 드리워져

안에서 움직이는 모습이 스크린처럼 보인다.

마흔이 넘도록 독신을 고집하며
고고하게 살아가는 외로운 행자(行者)처럼

한 번씩 쳐다볼 때마다
왜 가슴 짠해질까.

애틋한 연민인지 나도 잘 모르겠다

비밀로 가득한 저 환한 창문으로

오늘은 눈이 내리듯 안개꽃이 눈부시다.

또 다른 나

내 속에 내가 아닌
또 다른 내가 있다

나는 나인데 내가 아닌 다른 사람

화날 땐 도저히 내가 아닌
완전 다른 남이다.

호불호에 따라서
내가 들락거린다

순간순간 바뀌는 나는 도대체 누구인가

줏대도 없는 나야말로
내가 아닌 남이다.

목련꽃 10

묻지도 않았는데 답을 말할 태세다

빙그레 웃는 것이 물음이고 답인데

구태여 너와 나 사이에 문답이 필요하랴.

그냥 핀 것만도 고마운 응답인데

굳이 말로 해야만 답이 되겠느냐

벌어진 너의 입술은 다무는 게 정답이다.

왜가리

급류를 쏘아보는 바위 위의 왜가리는
길게 뽑은 목 하나 칼날처럼 겨누다가

순식간 번쩍이는 빛을 베어
꿀꺽 삼켜버린다.

다시 몸을 곧추세워 물속을 응시한다
팽팽한 시간이 잠시 멎는 듯 하는 순간
은비늘 비릿한 광선을 쪼아
바위 위에 패대기친다.

고난도의 저 기술을 완전 체득하기까지
왜가리도 수백 번 실패했을 것이지만

빛나는 눈빛의 정확도가
도(道)의 경지에 이르렀다.

이사 2

또 한 집안이 이사를 가나 보다

아침부터 곤돌라가 하관(下棺)하듯 내려가고

버려도 좋은 짐들을 꾸역꾸역 토해낸다.

그나저나 한 동(棟)에서 인사도 없이 이사 가나
하기야 섬뜩한 죽음 같은 삶의 길에
인사를 차리고 자시고 할
정신이 어디 있나.

이승의 중량을 끝끝내 못 견디고

그냥 땅에 묻히듯 몰래 가는 뒷모습이

눈시울 후끈하도록 적막하기 그지없다.

그리움 25

오늘밤 달빛은 그리움의 조각입니다

마음 닿는 곳마다 반짝이는 빛입니다

잠 못 든 이 깊은 시름도 환한 절창입니다.

고요 속에 피어나는 풀벌레 소리들도

아름다운 당신의 속삭임이 되는 밤에

감아도 환한 은혜가 귀를 가만 적십니다.

천만 리 먼먼 곳에 별빛으로 반짝이는

당신의 사랑은 내 마음을 밝히고

구천을 돌고 돌아서 그리움으로 쌓입니다.

복사꽃 연가

청도역을 지나면서 차창에 얼비치는
발그레한 복사꽃이 마음을 끌 때마다
무작정 내려 오르고 싶은
산비탈의 저 유혹.

바라보면 가슴이 두근두근 설레는데
꽃 속에서 날 부르는 옛사랑의 분홍빛 음성
그리움 선율이 되어 구름처럼 피었다.

세월은 무정해도 새록새록 돋아나는
옛정은 저렇게도 아름답게 피었는데
웬일로 가슴은 자꾸 울먹해지는 걸까.

향긋한 꽃 냄새가 분 내음이 되는 지금
사방에서 손짓하는 미소에 눈이 홀려
오늘은 나를 잊어버리고
뒹굴어도 보고 싶다.

삶의 반납

일생을 아등바등 힘겹게 살다가

어느 순간 죽음으로 사지(四肢)를 누이는 것

이고 진 짐 다 내려놓고
편안히 잠드는 것.

안락의 주검에 가닿기 위해서
일생을 다 바쳐 진력(盡力)한 걸 증명하듯
감은 눈 가장자리에 맺혀 있는 눈물이여.

죽음보다 더 나은 입맞춤도 없었고

죽음보다 더 완벽한 치유도 없었기에

저렇게 삶을 반납하고
와불(臥佛)처럼 누웠다.

춘정(春情)

저기 저 담장 가에 봉숭아꽃 벌어졌제
저것이 무엇이냐 춘자의 속치마 같은
얼른야 한번 까뒤집어보고 싶은 그런 것 아니것냐.

냅둬라 모른 척 쳐다보지도 말거라
가만 둬도 제풀에 훌훌 달아오를 텐께
거 봐라 속적삼 그 부끄러움도 다 풀어 놓았제.

저것이 뭣이다냐 정말 환장하것네
사내 치고 멀쩡한 놈 한 번 나와 보더라고
뻣뻣한 이 봄날의 춘정만은 나도야 모르것다.

세월 2

물속에 든 달은 젖어도 젖지 않고

맑은 마음은 비가 와도 젖지 않는다

세월은 쉼 없이 흘러도 소리 하나 나지 않고.

있어도 없는 것 같고 없어도 있는 것 같은

공기와 시간과 낮달과 사랑 같은 것

잡아도 잡히지 않고 잡히지 않아도 잡힌 것 같은.

알 수 없는 신비에 휩싸인 채 살아간다

유심에서 무심으로 무심에서 또 유심으로

알아도 모르는 척하며 몰라도 아는 척하며.

동백꽃 24

너는 언제나 면도날을 품고 온다
그러기에 네 떠난 후 내 가슴이 아리어서
어느새
동백꽃 핏덩이가
뚝뚝 떨어진다.

그래도 그 아픔을 마다하고 싶지 않다
그게 너의 지극한 사랑의 방식이니
기꺼이
피를 흘리는
동백꽃이 되겠다.

상한 과일

과일을 파시던 어머니가 돌아오면
팔다 남은 과일을 쟁반에 담아 와서
상한 곳 깨끗이 도려내고는 먹으라고 내놓으셨다.

반듯하고 좋은 것은 늘 손님 몫이고
못생기고 상한 것은 우리들의 몫인데도
조금도 싫은 내색 않는 마음들을 고맙게 여기셨다.

가끔씩 우리 남매 꼭 껴안아 주시면서
미안하다 상한 것만 너희들에게 먹여서
그렇게 말씀하시며 마음 아파하셨다.

그리워라 어머니가 손수 깎아 주시던
상한 과일 한 조각을 다시 먹고 싶은데
어느새 어머니는 떠나시고 그리움만 남았다.

제 5부

눈 오는 산사에서

석류 4

잘 익은 가을이
알알이 박혀 있다

바람이 지나는 아슬아슬한 길목에서

순식간
팍—!
터져버린
저 핏빛 수류탄.

이슬 8

지난 밤 풀꽃들이 고운 꿈을 꾸었나 보다

알알이 반짝이는 구슬 같은 사리들이

자르릉 소리가 날듯 청음(淸音)으로 맺혔네.

내가 악몽 속에 시달리는 동안에도

풀꽃들은 고운 꿈을 한 올 한 올 엮어 올려

무욕의 깨끗한 이슬로 반야경을 매달았네.

석간수(石間水)

딱 한 번 맛보았는데 그걸 잊지 못한다

새벽 예불 끝내고 마주선 바위 아래

졸졸졸 흐르던 그 맑음이
아직도 서늘하다

연(緣)이란 이렇게도 오래 울림이 되는지

숱한 해가 흘렀어도 귀와 눈을 적셔주는

청량한 한 모금의 보시(布施)가
한량없이 넓고 크다.

지렁이 1

지렁이가 마당에 금을 긋고 갑니다

야, 너 어딜 가니 겁을 한껏 주어도

무심히 제 갈 길만을 느릿느릿 갑니다.

옆에 누가 있든 없든 상관하지 않습니다

오로지 제 갈 길에 집중하는 지렁이는

서글픈 인간들과는
대적(對敵)하지도 않습니다.

구불구불 기어가도 도(道) 하나 이룬 듯이

마당을 가로질러 토굴 하나 파고드는

뒤끝이 너무 깨끗한 스님 행적 같습니다.

백목련 1

어제 본 달빛보다 한 뼘이나 더 자랐다

눈부신 운(韻)을 따라 한 잔 가득 권하느니

이맘때 육자배기라도 한 수 읊고 싶구나.

꽉꽉 안 채워도 취기 가득 넘쳐나고
정갈한 여백 위로 오언율시로 화답하는
그대는 고결한 묵객인가
가슴 도리는 자객인가.

한 마디 말 없어도 묵언으로 다 말하는

순백의 도를 이룬 생불이긴 하다마는

나에겐 첫사랑의 연인처럼 애틋하고 아리다.

그믐달 3
-어머니 생각

방문을 열어놓고 이지러진 달을 본다

구부정한 허리 꺾어 아래로만 살피시는

지극한 사랑 앞에서
또 코끝이 아리다.

애야, 밥은 제때 먹고는 지내느냐
그렁그렁 눈물 맺힌 목소리는 아련하고
한 번만 다시 안겨보고 싶고
엉엉 울어도 보고 싶고.

무심한 세월은 아프게도 흘러서

반백이 된 가슴에는 그리움만 쌓이는데

피 맺힌 이름만 외다
혼절하듯 잠이 든다.

봄기운 2

1

얼음이 풀리는지 귀가 자꾸 간지럽다

똑똑똑 떨어지는 맑고 고운 소리 따라

조바심 지레 녹아서 온몸이 눅눅하다.

2

오, 이제 맥이 뛰고 숨소리가 들린다

얼음장 밑에서 버들붕어 꼬리 치는

가느단 빛의 파문(波紋)까지 환하게 올라온다.

3

가만가만 운필(運筆)하듯 마음을 긋고 가는

짜릿한 봄기운이 습지(濕紙)처럼 번지는데

누군가 대문에 붙여놓은 입춘첩이 환하다.

귀

산 속에서 살다보니 귀가 참 편안하다

고요함만 잔잔히 흐르는 곳에서는

듣는 것 별로 없으니 귀는 더욱 맑아진다.

그냥 가만 놓아두면 별빛처럼 담기는 고요

들어왔다 나가고 나갔다 또 들어오고

넘쳐도 모자라도 그만 귀를 마냥 열어 둔다.

가끔씩 새소리나 풀벌레소리 스쳐가고

짙은 고요가 농주(農酒)처럼 익을 때면

내 귀는 환한 달처럼 허공중에 떠버린다.

빈손 2

-친구의 말

갈 때 싸 짊어지고 갈라꼬 그카나

일흔 나이 넘으면 퍼뜩 눈치 채야제

아직도 욕심 바리바리 싸매고 늬 노망 들었나.

아이고 참말로 좀 가볍게 살다 가지

뭐한다꼬 이고지고 그리 끙끙 애써쌓노

내 봐라 탈탈 털어버리고 이 빈손뿐인기라.

이래야 갈 때는 수월하게 간다카이

내 그것 미리 알고 다 털어버렸제

지금 탁 눈을 감아도 아무 여한도 없는기라.

황령산 목련꽃

황령산에 오르면
눈이 환히 빛난다
이제 막 불꽃같은 봉오리가 벌어지며
눈부신 운필법으로
펼쳐 놓은 춘화 한 폭.

아무도 모르는 세상으로 들어오듯
가슴 뜨거운 연인과의 만남인가
설레는 그리움에도 하얀 불이 붙는다.

어디선가 날아오는
악보 없는 선율이여
눈과 귀엔 고압으로 봄기운이 흐르는데
불붙듯 고고지성으로
내 마음도 터진다.

그리움의 총(銃)

그리움이 총이라면 명사수가 되었을 거라

하루에도 수십 번씩 한평생을 쏘았으니

그녀도 내 총알만은 피해갈 수 없었을 거라.

지금쯤 그녀도 그리움의 총을 맞고

성한 곳 하나 없는 상처투성이가 되었을 거라.

내 독한 다발총 앞에서는 온전할 수 없었을 거라.

그 상처 밀랍(蜜蠟)하듯 숨기면서 살았어도

달 밝은 밤이나 눈 내리는 날이면

아 그땐 머릴 싸매고 코피라도 쏟았을 거라.

고양이 1

고양이 한 마리 납작 엎드려 노려본다

풀숲으로 날아든 새 한 마리 낚아채려

숨죽인 저 빛나는 눈빛은 살기(殺氣)로 가득하다.

소리 없이 한 발짝 더 낮게 다가가서
가만히 엎드렸다 비호처럼 뛰어올라
후루룩 날아가는 새
확 잡아 채버린다.

아뿔싸, 나는 새도 순식간에 잡히고 마는

저 당당하고 무서운 본능의 허기 앞에

한 목숨 공양이 되는 장엄함을 보았다.

샐비어 꽃 4

빈집 울타리에 샐비어 꽃 피었다

얼마나 울어야만 저리 뜨거운 불꽃이 될까

그녀가 살던 집 안에서 홀로 남아 울먹이는.

충혈(充血)된 너의 눈과 마주치는 내 눈에도

화르르 불이 붙어 타버릴 것만 같은데

그리움 굴러 떨어지는 소리도 100도에 다다랐다.

사랑이란 이렇게도 연연(戀戀)하게 뜨거운지

떠나버린 후에도 온몸이 아리도록

불붙어 활활 타오르는 아, 혼령 같은 꽃이어.

조개껍데기 2

모시조개 껍데기가
사장(沙場)에 나뒹군다

쏴—쏴— 파도에 밀려왔다 밀려간다

누군가 아직도 끊지 못하는
끈끈한 미련처럼.

빈 것마저 놓아주지 못할 만큼 아팠는지
아니면 애틋한 그 무엇이 있었는지
다 닳아 뼈만 앙상한 하얗게 굳은 상처.

문득 떠오르는
해조음에 섞인 울음

아낌없이 주고 떠난 그대 모습 포개지며

뜨거운 심장 하나가
싸늘하게 식는다.

달밤 3

낙엽 따라 바람도 한 잎 두 잎 떨어지고
바람 따라 고요도 핑그르르 떨어진다
가을이 떨어진 자리에서
파랑(波浪)처럼 이는 달빛.

계절의 상처도 저리 고운 운(韻)이 되어

몇만 길 서정으로 쓸쓸함을 퍼붓는데

가슴에 셀로판지처럼
인화되는 사람이여.

잊혀진 그 사람이 왜 다시 뭉클한지
가슴 한쪽 뚫려버린 커다란 구멍으로
애틋한 그리움이 와락
밀물처럼 덮친다.

덧셈과 뺄셈

뺄셈보다 덧셈을 더 많이 배웠다

손가락이 시꺼멓게 연필심을 굴리면서

더하고 또 더하는 셈에
푹 빠져 허덕였다.

하나가 둘이 되고 둘이 다시 넷이 되는

그렇게 인생살이 불어날 줄 알았는데

어느 새 뺄셈이 될 줄은
정말 나도 몰랐다.

이제는 뺄셈으로 인생을 배울 시간

욕심도 번뇌(煩惱)도 다 빼어 내어야만

제로가 되는 정답을
얻을 수가 있겠다.

만추(晩秋) 1

오래된 시간은
언제 봐도 눈부시다

계절의 혈흔(血痕)이 밴 바람들이 지나가고

향긋한
오색 물감들이
엎질러진 환한 들판.

누군가의 땀방울이
맺혀 있는 황금물결

가을의 내장(內臟)이 투명하게 드러나는

한 폭의
서늘한 수채화가
들판 가득 빛난다.

진달래 22

연분홍 립스틱의
너를 가만 보고 있다
떨쳐내지 못하고 봄앓이를 하는 나는
아직도 그리움에는
면역력이 없나 보다.

한때 불꽃처럼 사랑했던 너의 얼굴
겹겹이 세월 넘어 또 울컥 도지는데
해마다 짓무른 눈으로 얼얼하게 바라본다.

마음의 안질이
이렇게도 독한 건지
연분홍 저고리 속 하얀 가슴 살짝 보다
고압의 전류에 감전된 듯
눈앞이 아찔하다.

그리운 하동

지금쯤 하동에는 난리가 났으리라
활짝 핀 배꽃 아래 벌들이 잉잉대고
쌍쌍이 나누는 춘정(春情) 강물처럼 흐를 테고.

정(情)을 나눈 그 사람이
왜 이리 보고 싶은가
배꽃 눈이 날리던 그 향긋한 그늘 아래
온몸에 불이 붙는 줄도 모르고
꿈속처럼 나뒹굴던.

사방에서 휜 북소리
둥둥둥둥 울리고
치마 끈 푸는 소리 배꽃처럼 고운데
눈부신 낭만이 펼쳐지는 곳
아 그리운 하동이여.

해마다 배꽃 피면 쿡쿡 쑤시는 그리움에
벌겋게 덴 가슴만 부질없이 쓸어본다
지금쯤 또 누군가가 어지러워 누운 그곳.

눈 오는 산사에서

1

개울물 소리도 멎어버린 이 한 밤
산란 빛 떨림으로 눈이 내린다
적막의 선율은 법당 가득 눈부신데.

스산히 씻기는 바람의 치맛자락
극락전 동백은 절로절로 터지고
구겨진 번뇌 한 장, 소지(燒紙)로 사라진다.

2

가벼운 마음에도 삼단 같은 눈 내린다
반야경은 오늘따라 더더욱 평온하고
막힌 길 물이 흐르듯 귀를 열고 뚫린다.

견성의 불꽃은 손가락마다 뜨겁고
오욕이 후둑후둑 떨어지는 저 산 아래
죄 버린 발자국 소리 거울처럼 맑아라.

3

샘물처럼 차오르는 열반의 미소는

마음속을 스쳐 어디로 흘러 넘치는지
새도록 끓는 솔잎 차(茶)는 그대로 공양이다.

이따금 떨어지는 적막은 정일품
마지막 한 장 남은 이 마음도 날아가고
빈 공간 차오르는 법열만 하염없이 쌓인다.

무위의 시학

이우걸(한국시조시인협회 명예 이사장)

I

1970년대에 나는 제대 복학생이었다. 도서관 한구석에서 과월호 잡지를 뒤적이거나 전문서적 몇 권을 한약 마시듯 읽으며 하루하루 보내고 있었다. 어쩌면 지루하고 어쩌면 한유한 때에 김향이란 문인을 월간문학에서 만났다. 「꽃장수」란 동시로 신인상을 받은 시인이었다. 그런 일이 있은 2년 뒤 중앙일보 신춘문예에 시조 「가을에」라는 작품 당선자로 다시 그를 볼 수 있었다. 그땐 김종이란 필명을 사용했다. 그즈음 나도 시조라는 장르에 깊숙이 빠져 있던 때라 그의 당선작을 외고 다녔다. 비가悲歌의 분위기를 띠고 있는 이 작품에서 결이 삭은 우리말의 향기와 가락을 느낄 수 있었다. 그리고 10년이나 지난 뒤 그는 경향신문 신춘문예에 시 「겨울바다」로 당선되었다. 이땐 김종목이란 본명을 사용했다.

사실 동시나 시조나 시는 같은 장르라고 볼 수 있어서 어떤 문인은 신춘문예를 시와 소설 두 장르로 해서 상금이나 대폭 올려줬으면 좋겠다고 하는 이도 있다. 물론 나는 동의하지 않지만 일리가 없는 말은 아니다. 그런데 동시, 시조, 시로 신인상이나 신춘문예라는 어려운 관문을 통과하는 능력 또한 아무나 가질 수 있는 것이 아니다. 그의 프로필을 보면 동화, 라디오 드라마, 서사시 등 전 장르를 망라한다. 발표, 미발표작을 합쳐서 190권 분량의 작품을 가지고 있다고 한다. 그런 그가 오랜만에 시조집 『무위능력』을 낸다. 시조발전에 관심을 가진 필자로서는 반가운 일이 아닐 수 없다. 적어도 이 시집이 시조의 활로를 여는 데 어떤 계기를 만들 수 있을 것이라는 기대 때문이다.

Ⅱ

선입견 없이 이 시집을 읽는다면 다음 작품에 눈이 멎을 것이다.

> 1
> 어둠 속에 어둠이 똘똘 뭉쳐 있다
>
> 장독대 밑 몰래 숨은 정적의 빛나는 눈

순식간 용수철처럼
섬뜩하게 튀는 살의(殺意).

2
찍-하는 비명도 금세 끝내고 마는

저 황홀한 식욕이 어둠을 찢어 놓고

흔적도 없이 사라지는
서늘한 달빛 한 줌

-「야묘(夜猫)」 전문

시적 긴장감이나 표현의 참신성, 그리고 시대를 함의하는 다양한 상상의 자극 등 어느 면에서도 이 작품은 단연 수작이다. 그러나 이번 시조집에서 이런 작품이 주류라고 할 수가 없다. 시조집 제목이 말하는 바와 같이 시적 정도正道가 아니라 얘기하고 싶은 것을 솔직하게 그리는 것의 한 결실이 이 시조집이기 때문이다. 팔십에 닿아가는 노년의 눈으로 아름답고 소중한 것들에 대한 느낌을 메모하면서 그 내용을 온전히 시조에 담고 싶었을 것이고 그 결실이 바로 이 시조집이 아닐까 하는 생각을 한다. 또 바꾸어 얘기하면 시적미학의 의도적인 추구보다는 자연스럽게 떠오르는 시상을 가능하면 평상적인 언어로 노래하려는 것이 이 시조집의 특징으로 보이기 때문이다. 이러한 그의 의도는 시 낭송음반 제작 등 독자를 향해 끊임없이 다가가려 노력했지만 문단 어디에도 얼굴을 드러내지 않는 그의 태도를 보아도 알 수 있다.

여기 실린 100편은 노년기에 발표하는 작품들이지만 평소 그의 시관을 보여주는 변함없는 흐름을 유지하고 있다. 김종 시학의 특징을 세목별로 얘기한다면 비가조의 작품을 많이 쓴다는 점, 사랑을 주제나 소재로 하는 시가 많다는 점, 인생을 성찰하는 시조를 쓴다는 점, 그리고 일상어들을 꾸밈없이 시어로 활용해서 독자들에게 난해하지 않는 시조를 보여준다는 점일 것이다.

Ⅲ

먼저 그의 시조의 특징 중의 하나인 비가조의 작품을 살피려고 한다. 아래 인용 시구들이 그 예이다.

가슴속 곱게 물들어가는 설움 같은 꽃이여

-「첫정」 부분

아 그대 못 오는 마음 그렁그렁 눈물이다

-「목련 12」 부분

눈시울/ 붉어지는 사람들/ 어찌 잊었다 하겠느냐

-「잊히지 않는 사람」 부분

눈물겨운 사람은 팽이처럼 흘렀어도

- 「너의 사진」 부분

장독간 붉은 맨드라미만/ 크렁크렁 울먹인다

- 「빈집 10」 부분

그리움도 크렁크렁 눈물로 얼룩지고

- 「산 도화를 보면서」 부분

목 놓아 울 수 없는 아픔을 억누르며

- 「부러운 눈물 2」 부분

다시 또/ 당겨보는 손/ 겨냥한 채 울먹인다

- 「활시위 힘껏 당겨」 부분

인용한 작품도 이 시조집의 일부분이다. 그의 중앙일보 당선작에도 "가만 울어나 볼란다"라는 시구가 있다. 그만큼 그에게 눈물은 일상적이다. 대체로 해방 전후 시인들의 작품에서 비가조의 분위기를 자주 발견하게 된다. 신산한 삶과 관계가 있을 것이다. 전후의 절망이나 잃어버린 조국에 대한 향수 또는 가난하고 힘든 나날이 그런 감정을 자아내게 했을 것이다. 아니면 실연이나 지극한 사랑의 표현 방법으로 비가가 적당했을 것이다. 김 시인의 경우 1938년 일본 아이치 현에서 태어났다. 해방된 해에 일곱 살이었고 6·25가 일어났을 땐 열두 살이었다. 유아기에서 소년기까지 그가 겪은 가혹한 시련들이 그의 시풍을 비가조로 흐르게 했을 것이다. 현대시는 감정의 유로를 극히 금기시한다. 그러나 모든 시인에게 오로지 그 방법만이 정답은 아니다.

소월은 절절한 연시로 우리시의 큰 봉우리가 되었다. 여기서 거론하는 것은 그의 시조의 개성을 안내하기 위해서이다.

비가조의 시조가 많다는 점과 연계해서 사랑의 시가 많다는 점 또한 이 시인의 시적 특성으로 얘기할 만하다.

세월이 흘렀어도
잊히지 않는 사람
무슨 열병처럼 문득문득 생각나는
가슴에
깊이 박힌 상처는
치유될 길 없어라.

잊었다고 말해도
잊힌 것은 아니다
꽃이 피고 질 때나 둥근 달이 떠오를 때
눈시울
붉어지는 사람을
어찌 잊었다 하겠느냐.

죽도록 사랑하다
헤어져 버렸지만
그 아픔 그 사랑은 화약을 품은 듯이
내 가슴
한 번씩 터져

산산조각 나게 한다.

-「잊히지 않는 사람」 전문

너의 사진 한 장을 컴퓨터에 올려놓고
틈만 나면 불러내어 하염없이 바라본다
세월이 아무리 흘러도 앳된 너의 고운 모습.

어느새 내 머리엔 백발이 성성하고
눈물겨운 세월은 팽이처럼 흘렀어도
아직도 너는 꽃으로 빙그레 웃고 있다.

헤어져 내 마음에 화인(火印)처럼 찍힌 얼굴
아팠던 사랑도 곱게 절이 삭아
이제는 그리움으로만 울컥울컥 도진다.

-「너의 사진」 전문

일평성을 걸어놓고
겨냥한 타깃처럼

활시위 힘껏 당겨 네 심장을 겨눴지만

끝끝내
쏘지 못하고
내 가슴만 쏘았다.

깊어진 상처는
세월도 소용없고

오로지 네 생각에 만신창이가 되었어도

다시 또
당겨보는 손
겨냥한 채 울먹인다.

-「활시위 힘껏 당겨」 전문

앞의 두 편 (「잊히지 않는 사람」과 「너의 사진」)은 헤어진 사랑에 대한 노래이고 「활시위 힘껏 당겨」는 짝사랑에 대한 회한을 노래하고 있다. 그의 사랑시는 이 작품만이 아니다. 「눈 내리는 밤」에는 "아, 정말 보고 싶다 기약 없는 세월 속에/ 간절함도 술잔 위로 뭉클뭉클 뜨거워져/ 오늘 밤 또 뜬 눈으로 몇만 리를 헤매리"라고 노래하고 있고 「다시 찾은 파계사」의 마지막 연엔 "지금은 어디에서 무얼 하고 사는지/ 지은 죄 많은 놈이 부질없이 서러워져/ 여관집 앞에 멈추어 서서/ 눈시울을 붉힌다"라고도 노래한다.

이 연가들의 공통적인 느낌은 먼저 복잡한 메타포를 동원하지 않고 있다는 점이다. 다시 말하면 직설적 어법을 쓰고 있다. 두 번째로는 추상적인, 관념적인 사랑시가 아니라 구체적인 사랑시라는 것이다. 그리고 헤어짐의 아쉬움, 아픔, 후회, 짝사랑의 후회, 고통, 사랑하는 사람에 대한 속죄 등을 모두 그리고 있다는 점이다. 이렇게 쉬운 사랑시를 이 시인이 쓰는 이유는 무엇일까? 나는 독자와 친근한 자리를 마련하려는 김종 시인의 시에 대한 철학 때문일 것이라고 생각한다. 기교나 난삽함의 극복이라는 노력은 시의 저변 확대를 위해서 반드시 필요하다. 다만 판매를 목적으로 하는 저급한 시들이 공허한 사랑시를 앞세우는 경우가 왕왕 있다. 그 점에서 이 시조가 오해받지 않아야 한다.

인생론적이거나 인생을 성찰하는 작품은 어느 정도의 연륜이 필요하다. 연소한 천재들이 흔히 생에 대한 예리한 통찰력으로 남겨놓은 작품들이 있긴 하지만 인생을 어느 정도 경험해본 시인이 쓰는 것이 어울린다. 이 시조집 속엔 독자의 가슴에 닿는 시조들이 적지 않다.

> 보이지 않으면 죽은 거나 마찬가지
> 자주 얼굴 맞대야만 살아 있는 축에 들고
> 얼굴이 보이지 않으면
> 산 자도 죽고 만다.
>
> -「대면(對面) 2」 부분

> 오랫동안 쇠줄에 개를 묶어두었다가
> 불쌍하여 목에서 줄을 풀어주었지만
> 자유가 되었는데도 개는 그냥 엎드렸다.

때가 지난 지금에 와
무슨 짓이냐는 듯
펄펄 힘 있을 때 풀어주지 않고 있다
기력이 쇠잔해진 지금
약 올리는 거냐는 듯.

너부죽이 엎드린 채 좋아하지도 않는다
기껏 풀어준 내가 도리어 맥이 풀려
쇠줄로 다시 목을 묶어도 개의치도 않는다.

–「늙은 개」 전문

소설책을 읽다가는 지루하면 던져두고
마음이 내키면 또 펼쳐 읽는다
보아도 혹은 아니 보아도 그만인 게 책이다.

그러나 인생은 아무리 지루해도
중도에서 결코 그만둘 수 없는 것
끝까지 읽어내야만 하는 장편소설 같은 것.

아무런 말도 없고 눈 따갑고 속 아려도
주어진 임무처럼 완전 독파하고서야
비로소 덮을 수 있는 것이 인생이란 책이다.

–「인생이란 책」 전문

「대면 2」의 경우는 세태풍자의 성격을 띠고 있다. 고함치고 표현하고 움직여야 존재를 인정받는 세상을 비판하는 시조다. 10년 만에 아는 이를 만난 시적 자아는 외부 사람들에겐 죽은 것으로 인식되고 있다는 내용이다. 평범하고 단순한 내용이다. 그러나 은자의 삶을 살면서 자신의 내면 성숙에 진력해온 사람에겐 어처구니없는 마타도어다. 외치고 표현하고 겉으로 움직임을 드러내야 존재를 인정받는 사회는 가치 있고 성숙한 사회가 아니다. 「늙은 개」는 이 시인의 자화상 같은 시조다. 오랜 시간 공직생활을 하면서 길들여진 삶의 자기 모습을 돌아보며 좀 더 일찍 자유로웠더라면 더 많은 것을 보고 생각하면서 이 세상의 미추와 깊고 넓음을 알 수 있었을 것이라는 시조가 아닐까? 또 다르게는 길들여지는 삶의 무서움을 드러내는 시조이기도 하다. 「인생이란 책」은 담담하게 살아온 인생을 회고하면서 신이 주신 생명의 시간을 그저 소중히 가꾸면서 마지막까지 사는 것이 미덕이라는 그의 인생관을 보여주는 작품이다.

죽음의 미학을 다룬 작품으로는 「부드러운 눈물」, 「삶의 반납」 등이 있지만 노년의 처세에 관한 작품으로는 드물게 다음 작품이 있다.

빨셈보다 덧셈을 더 많이 배웠다

손가락이 시꺼멓게 연필심을 굴리면서

더하고 더하는 셈에
폭 빠져 허덕였다.

하나가 둘이 되고 둘이 다시 넷이 되는

그렇게 인생살이 불어 날 줄 알았는데

어느 새 뺄셈이 될 줄은
정말 나도 몰랐다.

이제는 뺄셈으로 인생을 배울 시간

욕심도 번뇌(煩惱)도 다 빼어 내어야만

제로가 되는 정답을
얻을 수가 있겠다.

-「덧셈과 뺄셈」 전문

생에 대한 통찰력이 그려낸 의미 있는 작품이다. 시조라는 형식 안에서 인생의 전, 후기 삶의 방법을 재치 있게 녹여서 시로 읽히게 하는 능력은 예사로운 것이 아니다. 더하기에 혈안이 되어 살아야 했던 젊은 날의 삶에서 자꾸만 빼어야 빛날 수 있는 노년의 삶, 그 심오한 인생의 이치를 단순 명확하게 시조의 가락 위에 올려놓았다.

마지막으로 이 시인의 시조가 독자들에게 난해하지 않게 읽힐 수 있다는 사실의 증명은 특별히 예를 들 필요가 없다. 이 시조집에 실린 모든 작품이 그 예가 되고 있기 때문이다. 오랜 기간 문학을 연구했고 시와 시조와 동시를, 동화를 창작해온 그가 늘 가지고 있는 중요한 생각은 무엇이었을까? 독자가 없는 문학은 의미가 없다는 결론이었으리라 나는 짐작해 본다. 시집이 팔리지 않는다, 독자들이 시를 읽지 않는다는 문제로 세미나를 열면 시가 너무 어렵다거나 시 고유의 가락이 없다거나 절제와 함축이 없다고들 한다. 그렇게 외치고 돌아와선 힘들여 쓰는 것은 난해한 이미지의 숲이다. 이 시조집은 최소한 난해나 난삽이라는 평가로 부터는 벗어나 있다. 이 하나의 사실만으로도 독자와의 거리를 좁혀보려는 그의 노력을 확인할 수 있다.

Ⅳ

이제 김종의 시조시학을 정리해야 할 차례가 되었다. 그런 얘기의 화두로 다음 두 편의 시조를 읽을 필요가 있다.

오늘도 하루 종일

아무것도 하지 않았다

창문을 열어 놓고 흐르는 구름이나
날으는 새들을 보며
어정어정 보냈다

아무것도 안 하는 것
이것도 어려운 일
남이 보면 빌어먹을 짓인지는 모르지만
나에겐 도 닦는 일과 진배없는 일이다

아무것도 안 하는 걸
하고 있는 즐거움을
알아 줄 사람이 전무하다 할지라도
나만의 무위능력에는
이상 없는 것이다.

-「무위능력(無爲能力)」 전문

「무위능력」은 이 시조집의 표제시다. 노장적 태도가 담겨 있다. 공자의 인과 대비되는 무위란 원래 자연 그대로의 의미를 담고 있지만 이 작품에서 무위능력이란 아무것도 하지 않을 수 있는 능력을 의미한다. 마음 가는 대로 꾸미지 않는 시조를 쓰겠다는 뜻일 것이다.

이제 노년에 와서 균형 잡힌 잘 짜인 시조보다는 쓰고 싶은 마음을 마음껏 펼치는 시조를 쓰고 싶었던 것이다.

그야말로 무애자재한 시편들을 이 시조집은 담고 있다. 그런 그의 취향은 친자연적이고 정적이며 내면의 영역을 확대하고자 열망한다. 따라서 시정에서보다 「눈오는 산사에서」나 「귀」에서나 「석간수」 같은 작품에서 보여주는 바와 같이 견성의 자세에서 맑고, 작고, 고요함 속에서 보이지 않는 사물의 질서를 발견하려 한다. '면벽'이나 '도' 혹은 '고요'에 대한 경도는 그런 길을 찾으려는 방법이다.

김종 시인은 그가 빚어내는 비가조의 시조, 사랑의 시조, 맑고 아름다운 모국어의 시조, 성찰과 지혜가 담긴 시조, 꾸밈없는 일상어의 시조를 통해 시조의 효용성과 독자층의 확대는 물론이고 스스로의 내적 성숙에 심혈을 기울이는 시인의 모습을 보여주고 있다. 이 시조집을 계기로 현대시조의 새로운 활로가 열릴 수 있길 기대하며 김종 시인의 건필을 빈다.

책 끝에

평범 속의 비범

나는 요즘도 노산 선생의 「성불사의 밤」이나 「고향생각」 같은 시조를 읽곤 한다. 아무리 읽어도 다시 읽게 되는 매력이 있다.

그것은 한 편의 시조라는 그릇에 담긴 내용이 따뜻하고 아름답기 때문이다. 쉬우면서도 깊은 맛, 그윽한 울림이 있다.

이것이 평범 속의 비범이다.

한 편의 시조를 읽고도 무엇을 노래했는지 전혀 마음에 와 닿지 않는다면 그 시조는 실패한 것이다. 나는 이 실패를 극복하기 위해 무던히 애써 왔고 또 앞으로도 계속 노력해 나갈 것이다.

말맞추기 식으로 아무런 느낌도 없는 말장난 같은 시조나 억지로 꾸며 놓은 현란한 시조를 볼 때마다 나는 내 스스로를 되돌아보며 채찍질한다.

산모가 아기를 낳았을 때 잘생긴 아기와의 대면처럼, 잘생긴 시조를 만나고 싶다. 그렇게 하자면 억지로는 안 된다.

내 마음부터 먼저 아름다워져야만이 아름다운 시조가 탄생할 것이다.

나는 아직 여기까지 도달하지 못했다는 것을 잘 알고 있다.

노력할 것이다.

2016년 4월 24일

김종목(金鍾)

김종목(金鍾穆)

1938년 일본 아이치 현 출생. 아호 霧林. 필명 김종, 김향.

1964년 〈매일신문〉 신춘문예를 통하여 등단. 그 후 〈부산일보〉, 〈서울신문〉, 〈중앙일보〉, 〈경향신문〉 신춘문예에 동화, 동시, 시조, 시가 당선됨. 1966년 제5회 〈문공부〉 신인예술상 문학부 수석상 수상. 1970년 제5회 〈월간문학〉 신인상 수상. 1970년 〈새한신문〉 창간 기념 공모에 시 당선. 1971년 제1회 〈소년중앙〉 동화 당선. 1972년 제1회 〈소년중앙〉 동시 최우수 당선. 1974년 MBC 라디오드라마 당선. 1983년 〈현대문학〉지 시 추천완료. 1983년 〈호국문예〉 공모에 장편 서사시 당선. 1997년 국민훈장목련장 수훈.

2016년 현재까지 시 작품 8,000여 편, 시조 작품 7,800여 편(23,000여 수), 동시 작품 4,400여 편, 기타 동화, 콩트, 수필, 라디오드라마 등 1,300여 편을 합쳐 모두 192권에 21,400여 편의 작품이 있음.

시집에 『이름 없는 꽃』, 시조집에 『고이 살다가』, 동시집에 『시골 정거장』, 동화집에 『인형이 되고 싶은 마네킹』, 산문집에 『당신을 풀꽃이라 이름했을 때』 등 21권의 저서와 시낭송음반 및 CD에 〈당신을 풀꽃이라 이름했을 때〉 1 · 2 · 3 · 4집이 있음(낭송에 탤런트 이덕화 · 황신혜 · 박상원). 부산어린이날 경축대회가, 부산동고 교가, 개금여중 교가, 남천여중 교가 작사.

ks0030@lycos.co.kr